Juliette Pommerol chez les Angliches

Collection animée par Soazig Le Bail
assistée de Charline Vanderpoorte.

© Éditions Thierry Magnier, 2016
ISBN 978-2-36474-911-5

Illustration de couverture Aurélie Guillerey
Conception graphique et DA Florie Briand

Loi n° 49-956 du 16 juillet 1949
sur les publications destinées à la jeunesse

Cet ouvrage a été achevé d'imprimer
entre deux bouchées de jelly
pour le compte des éditions Thierry Magnier
par l'imprimerie Normandie Roto Impression s.a.s.
61250 Lonrai en avril 2016
Dépôt légal : mai 2016
Imprimé en France
Numéro d'imprimeur : 1600586

Valentine Goby

Juliette Pommerol
chez les Angliches

DISCARDED

ÉDITIONS
THIERRY
MAGNIER

Pour Lili, qui part chez les Amerloques !
V. G.

Chapitre 1

La porte de l'Eurostar s'ouvre dans un chuinte-
ment triste. J'ai le trac. Je serre la poignée de ma
valise à roulettes et je scrute le quai au-dehors.
Est-ce qu'ils sont là, les Littlestone ? Est-ce qu'ils
vont tenir une ardoise à mon nom, Juliette Pommerol ? J'ai bien vu des photos avant de partir,
tous très blonds et très grands, le père, les deux
frères de dix et douze ans et la petite fille avec
ses couettes bouclées. Soudain je les reconnais,

ils courent vers moi tous les cinq, la mère en tête, essoufflée et agitant la main.

– Djoulièèèèèète ! elle crie d'une voix aiguë. Djoulièèète !

Djouliè007te, c'est sûrement moi.

J'inspire un grand coup. Voilà, j'y suis, en Angleterre. Chez les Angliches comme dit mon père, qui sait seulement dire bonjour, au revoir, où sont les toilettes · s'il vous plaît (ouèrarze-toïlètsplize), et chante les Beatles sans en comprendre un mot.

– Djouliète Pommewoool !

Je ne peux plus reculer. Dans cinq secondes je descends du train et vais passer deux semaines dans une famille parfaitement inconnue, en pays inconnu, dans une langue que j'apprends depuis à peine quelques mois – et je ne suis pas très douée. Je n'ai pas mis un pied sur le sol anglais que déjà ma mère me manque, et ma lèvre tremble, et ma gorge se serre. C'est la première fois que je quitte ma famille plus de trois jours. Tant pis pour moi, je n'avais qu'à pas mentir il y a deux mois, en jurant que je rêvais de ce séjour.

C'était en mai. Je faisais la queue pour la cantine quand Flavie, une fille de ma classe, s'est exclamée bien fort :

– Cet été, je pars dans une famille en Angleterre !

Ouahhhh, on a entendu autour de nous. J'ai haussé les épaules. Flavie a soupiré :

– Je sais bien que ça ne te fait pas envie Juliette, c'est dur pour toi de quitter ta famille ! Ma pauvre, je me souviens de la classe de neige l'année dernière...

J'ai flanqué un coup de coude à Flavie pour qu'elle se taise, mais elle a poursuivi :

– Tu as dû rentrer au bout de trois jours tellement tu pleurais... On est juste différentes tu sais, y a pas de honte ! Moi tu comprends, j'aime l'aventure.

Des filles pouffaient derrière nous. J'aurais voulu disparaître, m'enfoncer dans le sol, m'évaporer d'un coup, devenir arbre, banc, flaque d'eau, tout plutôt qu'être là, dans la queue de la cantine, humiliée devant les élèves de ma classe et des grands de troisième. Je me souvenais de la classe de neige de CM2 avec un nœud au ventre. Au moment de mon retour précipité à la maison, la maîtresse ne m'avait pas trahie, elle n'avait pas évoqué mes larmes intarissables devant les copains et avait inventé un superbe bobard pour me protéger : j'avais le mal des montagnes, impossible de rester. Aucun élève ne l'avait crue.

– Par exemple, a continué Flavie, en Angleterre tu ne pourrais pas emmener tes vingt-deux doudous, ça prend trop de place dans une valise… c'est bien ça que tu nous avais dit en classe de neige, vingt-deux doudous ? Et la maîtresse qui portait ton énoooorme sac à dos rempli de peluches !

Que quelqu'un transforme Flavie en pierre, lui gèle la langue, la téléporte sur une île du Pacifique. J'ai pensé je vais me venger, inventer une énormité : insinuer que Flavie fait pipi au lit, ou raconter qu'on a retrouvé une lettre d'amour de Flavie à Louis, le plus beau garçon de sixième, collée sur le portail du collège (et au besoin l'écrire moi-même)… n'importe quoi, pourvu que ce soit vexant. Il faut dire que le mensonge, c'est mon domaine. Nous les Pommerol, nous échappons aux situations les plus périlleuses grâce au mensonge, nous sommes de pères en filles des as de la supercherie. Tiens, aux grandes vacances l'année dernière, on a inventé notre mensonge le plus extraordinaire, un mensonge familial inouï : on s'est vantés d'avoir passé un mois en Chine alors qu'on n'avait pas mis un pied hors de notre maison... et on a berné tout le monde ! Il n'y a qu'en classe de neige que je n'ai pas réussi à me sauver par un mensonge. Feindre une crise d'appendicite ou la mort de mon chat, au fond c'était simple, ça me donnait une solide raison de rentrer à la maison. Seulement j'étais affreusement triste, et quand je suis triste, je manque d'imagination.

J'aurais pu humilier Flavie illico dans la queue de la cantine, mais j'ai réalisé qu'elle était sans doute elle-même en train de se venger de moi : la veille, j'avais noué ses chaussures de sport à une branche de platane au milieu de la cour... en représailles du jour où elle avait planqué mon compas au moment du contrôle de maths. Entre nous deux ça n'en finit pas depuis le début de la sixième, je ne sais même plus qui a commencé. Alors plutôt qu'un mensonge pour punir Flavie, j'ai préféré un mensonge d'orgueil, pour briller :

ce serait nettement plus classe. J'ai regardé Flavie droit dans les yeux et prononcé distinctement, pour me faire entendre des autres élèves :

– Arrête tes salades. Moi aussi je pars en Angleterre.

– Hein ? a fait Flavie stupéfaite.

– Je pars, je te dis.

– Tu connais des gens là-bas ?

– Non. Je vais dans une famille, comme toi.

Et, impériale, j'ai pris un plateau dans la pile, choisi steak-frites-crème-caramel pour me donner du courage, et suis allée m'asseoir le plus loin possible de mon ennemie.

À la maison, ma mère est tombée des nues.

– Tu veux partir en Angleterre dans une famille pendant deux semaines ?

– Oui.

Elle m'a attrapé le menton :

– Regarde-moi, Juliette Pommerol : une nuit chez une copine à deux cents mètres d'ici et tu as l'impression d'avoir quitté la maison depuis trois mois… tu veux vraiment partir seule chez des inconnus pendant quatorze nuits de l'autre côté de la Manche ?

J'ai avalé ma salive et j'ai soufflé d'un air détaché :

– C'est ça.

Ma mère a secoué la tête.

– Ttttt, je te connais, tu es une Pommerol ! Tu es en train de mentir et je ne sais pas pourquoi...

– Non, j'ai protesté, j'ai vraiment envie de partir. C'est facile, c'est la mairie qui organise, il suffit de remplir un formulaire. Il est temps que j'apprenne à vivre un peu sans vous !

J'ai bien vu que ma mère se forçait à garder son sérieux. Elle se demandait quel tour j'étais en train de lui jouer.

On a rempli le formulaire sur la table de la cuisine. À toutes les questions on a répondu oui, de peur que je ne sois pas retenue. L'enfant a-t-il déjà effectué un séjour collectif ? Oui. Combien de fois ? Ma mère m'a interrogée du regard, j'ai proposé : Heu... dix ? Faut pas exagérer, a rétorqué ma mère, et elle a écrit neuf. L'enfant aime-t-il la nature ? J'ai hoché la tête. Le camping ? Bien sûr (je n'ai jamais campé). Le sport ? Oui.

La lecture ? Absolument. Oui aussi à la mer, à la campagne, à la vie de famille, à la poterie, aux musées, au vélo, au cinéma, au jardinage, à la fin ma mère lisait la liste à toute vitesse et je disais oui sans réfléchir, j'aurais dit oui aux brocolis, au yoga, au tricot, à la chasse au sanglier s'il avait fallu, Juliette Pommerol n'est pas une mauviette, je mettais toutes les chances de mon côté, je partirais en Angleterre. Ensuite une personne de la mairie a voulu me rencontrer. On m'a posé les mêmes questions. La nature, la lecture, la vie de famille, le camping. Je ne sais pas ce qui m'a pris, sur la question camping j'étais très inspirée, moi qui déteste l'idée de dormir sous la tente sur un sol dur et entourée de bêtes sauvages, peut-être parce que ma tante venait de nous raconter, folle de joie, ses vacances en bivouac au Canada :

– J'adore le camping, la vie dehors, se lever à l'aube et se coucher à la nuit tombée ! Et puis la pêche, et les feux de camp, et entendre les oiseaux gazouiller au réveil !

Dans le bureau du responsable jeunesse, je répétais les mots émerveillés de ma tante. Ma mère me dévisageait, presque inquiète, mais ce jour-là j'avais une âme poète, rien ne m'arrêtait. Du grand Juliette Pommerol :

– Vivre avec les animaux de la forêt, les renards, les biches, les ours et les canards ! Cueillir des fruits directement sur l'arbre ! Respirer l'air pur, boire l'eau des...

– C'est bon, ça va, a dit le monsieur de la mairie.

Dix jours plus tard on recevait une réponse positive : je partirais en Angleterre, dans la famille Littlestone (prononcer *liteulstone*), du 6 au 20 juillet.

J'ai brandi la lettre au collège, crâneuse, jusque sous les yeux de Flavie. Toute ma figure jubilait, et ma voix était la plus gaie de la cour :

– Tu vois que je pars !

À l'intérieur, je me sentais comme un funambule débutant face au vide. L'Angleterre toute seule pendant deux semaines, c'était le gouffre sous mes pieds. Seulement je devais partir, je l'avais voulu : désormais, mon honneur en dépendait.

Chapitre 2

Depuis ma place dans l'Eurostar, j'ai regardé mes parents et ma sœur Flo rétrécir de l'autre côté de la vitre. Puis je me suis calée au fond du siège avec mon doudou préféré, un chien en peluche jaune pâle qui a un temps ressemblé à Pluto. J'ai respiré son odeur indéfinissable, mélange d'un reste de parfum de ma mère, d'ancienne lessive et de salive séchée. J'ai inspiré fort tout contre son museau en me répétant pas de larmes, Juliette Pommerol, pense à Flavie. Même dans un tunnel à cinquante mètres sous la mer, tu ne seras pas une poule mouillée. Pour tenir le choc jusqu'à Londres j'ai mangé un paquet entier de Carambar, deux heures de caramel collant, si bien que je ne peux pas dire si c'est à cause des bonbons ou de mon chagrin et de ma trouille que j'ai si mal au ventre à l'arrivée.

– Djoulième! Haouayoudaling! Sonaïstoumityouuuuuuuu! crie Mme Littlestone.

Je ne décode pas ses paroles mais je suppose à son air lumineux qu'elle est très contente de me voir. La main du père saisit ma valise puis il m'aide à sauter la marche.

– Djaune! il dit avec un grand sourire, et je comprends que c'est son prénom.

– Mairie! dit Mme Littlestone, puis montrant les deux garçons : Djac and Djorge, et la petite fille : Djèine.

– Heu... hello! je murmure.

Ils marchent vite à travers la gare, la petite fille cherche ma main et ne la lâche plus. Ils me parlent très lentement, exagérant tellement l'articulation pour se faire comprendre que d'affreuses grimaces déforment leurs visages

16

comme s'ils étaient filmés hurlant au ralenti, et j'ai du mal à ne pas éclater de rire. De toute façon, je n'entends qu'un gloubiboulga de sons indéchiffrable, d'où surgit quelquefois un mot familier : *house* (maison !), *dinner* (dîner !), *dog* (chien !), alors soudain je suis pleine d'espoir, tout va bien se passer.

Par la fenêtre défilent les rues de Londres, et je reconnais les photos de mon manuel d'anglais : la Tamise, cramoisie dans le crépuscule, ses ponts, le Tower Bridge avec une tour dessus ; Big Ben, son énorme cadran d'horloge qui me rappelle les images du film *Peter Pan* ; les bus rouges à deux étages. C'est rassurant, ça ressemble au manuel, je m'attends presque à croiser les personnages du livre, Lucy et Tom, avec leurs jeans slims et leurs sweats à capuche. Tout le long du trajet, Mme Littlestone babille joyeusement, ça fait des bruits d'oiseau dans mon oreille, ça n'a aucun sens pour moi, mais c'est joli. Puis la nuit tombe et la ville ressemble à toutes les villes du monde, noire piquée de lumières jaunes et orange ; sauf qu'ici, on roule à gauche.

La voiture se gare devant une maisonnette blanche, identique aux autres maisonnettes blanches de la rue. On descend de voiture, on franchit un petit portail, et je lis sur une plaque en laiton : *Mary, John, George, Jack, & Jane Littlestone.*

– Home ! s'exclame Mary en glissant la clé dans la serrure. Welcome ! et je sais que ça veut dire bienvenue.

Les premières heures, je mens toutes les secondes : mensonges de politesse dit ma mère, mensonges o-bli-ga-toires. Je m'extasie devant la petite cour pleine de nains de jardin en plâtre coloré tout droit sortis d'un livre de contes, je trouve magnifique l'entrée tapissée de tissu rose jusqu'au plafond et l'escalier intégralement couvert de moquette violette, et je souris au chien frisé Carmen, une barrette dans la frange, qui me lèche copieusement la main. Comme je n'ai qu'un mot pour la beauté en anglais, je le répète dix fois, beautiful !, beautiful les nains de jardin, beautiful l'affreux tissu rose, beautiful le chien miniature à la coiffure d'enfant. Je bois même sans grimacer le thé qu'on me sert au salon avec de drôles de gâteaux pâteux ultra sucrés (« feudge », dit Jane, je retiens ce mot tout de suite, c'est un mot important, « feudge », je me dis, puisque c'est le nom du pire gâteau que j'aie jamais mangé, surtout ne pas choisir le « feudge » au menu d'un restaurant ou dans une pâtisserie !). Ça plus les Carambar, j'ai une soudaine envie de vomir.

Heureusement John me tend le téléphone : c'est le moment d'appeler chez moi pour dire que je suis bien arrivée. Ma mère décroche tout de suite.

– Ma chérie ! Alors, comment ça va ? Tu as fait bon voyage ? Pas de soucis sur le trajet ? Les Littlestone sont gentils ? La maison te plaît ? Tu as vu ta chambre ? Il fait beau ? Tu comprends l'anglais ? Tu te sens bien ?

Je regarde autour de moi. Il y a quand même cinq Littlestone à moins de deux mètres et ils parlent peut-être un peu français...

– Euh... oui ! je dis.

– Tu as peur qu'on t'écoute, c'est ça ?

– Et voilà.

– D'accord. Dans l'ensemble, est-ce que tu es contente ?

– Oui.

– Tu as fait tes mensonges de politesse obligatoires ?

– Absolument.

– Tu comprends ce qu'on te raconte ?

– Bof.

La voix de mon père soudain :

– Le chien a bavé sur ta main ?

– Ha ha ha, exactement !

Et de nouveau ma mère :

– Tu retiens tes larmes, ma Juju ?

Zut. Rien qu'à entendre ma mère, je sens les sanglots gonfler ma gorge. Ma mère a des rayons laser qui traversent la mer et lisent à l'intérieur de moi.

– Tu as sorti tes doudous ?

– Pas encore.

Mon père chuchote :

– On aurait dû parfumer tes peluches avec une gousse d'ail, nous qui adorons ça, pour être sûrs que tu nous sentes vraiment près de toi !

– T'es bête papa…

– Et on n'a pas de doudou, nous, mademoiselle ! Pour se consoler de ton absence, on n'a que l'odeur de tes chaussettes sales dans le panier à linge !

C'est quand même pas des tristes, mes parents.

– Bon mon croupion, reprend ma mère, on t'embrasse bien fort, on te souhaite un bon séjour, pourvu qu'il fasse beau, que tu t'amuses, que tu spik angliche, tu appelles quand tu veux, surtout n'hésite pas, on pense à toi, passe-moi madame Littlestone, arrivederci !

Vite ma chambre, je pense, en tendant le téléphone, vite mes peluches.

– Djouliètayoutaïeud ? articule John à vingt centimètres de mon visage, comme si j'étais malvoyante, découvrant largement ses incisives, sa gorge, ses amygdales en détachant chaque syllabe. Je vois même sa luette en forme de petite cloche. Je me concentre. Ne pas regarder cette bouche aux formes bizarres, essayer de reconnaître un mot dans le gloubiboulga.

– Ayoutaïeud ? et il fait le geste de dormir sur ses deux mains fermées.

Ah, *tired*, fatiguée ! Mais quel accent ils ont ces Anglais… Ma prof, elle a l'accent de New York. Oui, je dis, yes. C'est un tout petit mensonge, je n'ai pas vraiment sommeil ; mais j'ai besoin de respirer mes peluches.

Une fois seule dans la chambre je me précipite sur ma valise. Je sors mes peluches, onze seulement, j'ai divisé par deux depuis la classe de neige : Pluto bien sûr, ma préférée ; la souris danseuse offerte par Mamie, la coccinelle donnée par ma sœur, le chat reçu de ma copine de crèche, les poupées russes, Peter Pan, l'ours devenu borgne, Lucky le cow-boy acheté par mon père, et la Bécassine mitée de ma mère quand elle était petite fille. Je les assois en rond autour de l'oreiller, je leur dis à chacun bonne nuit, ils me promettent de former un cercle de feu contre les fantômes et le chagrin. Et contre les Anglais ? murmure Lucky le cow-boy, la main sur son colt. Les Anglais, je lui réponds, pour l'instant j'en fais mon affaire...

Au matin, quand j'ouvre les yeux, je sursaute : un garçon est debout devant mon lit et me regarde avec un drôle de sourire... Je me rappelle ! Je suis en Angleterre, et ce garçon est George

Littlestone. Je me redresse illico, qu'est-ce qu'il fait là ?

– Breakfast… il dit, et je comprends que c'est l'heure du petit déjeuner.

Il montre le lit derrière moi, effaré, les onze peluches en vrac autour de l'oreiller. La honte me submerge.

– Ça… ça vient de ma sœur ! je dis. Un cadeau ! Heu… my sister !

Je retrouve miraculeusement le mot cadeau, *present*, et j'espère que George croira à mon histoire de fille sensible. Elle a bon dos ma sœur.

Je me lève, ramasse les peluches, les jette dans la valise ouverte et referme négligemment le rabat par-dessus. Maintenant, détourner l'attention. Je tends à George la boîte de macarons et le saucisson que j'ai rapportés de France, puis je le suis à la cuisine, où m'attend une assiette d'œufs brouillés, de bacon… et de haricots à la sauce tomate (beurk !).

Chapitre 3

Aujourd'hui, on a marché au moins sept heures dans Londres. Si ça continue, je vais avoir des mollets en béton armé, avec muscles bien visibles moulés comme des petits pains. Il faut dire que les Pommerol ne sont pas de grands sportifs. Mon père est fou de bateaux, mais sous forme de maquettes de trente centimètres qu'il passe ses week-ends à construire derrière de grosses loupes ; ma mère est prof de gym mais ça fait longtemps qu'elle préfère le foot à la télé en mangeant du pop-corn ; ma sœur Flo dit qu'elle est en pleine croissance, que ses os lui font mal, et prend des airs de princesse à l'agonie les jours de sport au collège. Bref, je n'étais pas entraînée pour un marathon pareil.

Dès ce matin, John a annoncé avec un grand sourire : « Today, no bus ! Let's walk ! » J'ai tout de suite compris cette fois : on marcherait, on ne prendrait pas le bus... et j'ai senti que la journée allait être rude. George et Jack affichaient une mine dégoûtée, sûrement aussi peu motivés que moi à l'idée de parcourir des kilomètres, mais pas obligés de sourire, eux. Mary leur a jeté un regard furieux, sans doute elle aurait aimé qu'ils fassent un beau mensonge de politesse, et répondent avec enthousiasme à la résolution de leur père. Jane, debout sur une planche à roulettes tirée par sa mère, se gavait de « djèli bins » (des cousins des bonbons Dragibus), totalement indifférente au déroulé de la journée. À 8 h 30 on était prêts, chaussés de baskets, une casquette vissée sur la tête, l'appareil photo dans la poche.

Les Littlestone sont hyper organisés. Ils avaient acheté à l'avance des tickets d'entrée pour les monuments à visiter et préparé un parcours touristique minuté. Entre 9 heures et 18 heures j'ai vu :

– l'abbaye de Westminster, qui a plus de mille ans ! C'est la cathédrale de Reims des Anglais : on y couronne les rois ;

– la Tate Britain, un musée rempli de centaines de tableaux, je ne me souviens plus de grand-chose sauf, dans une salle entière, de peintures aux ciels complètement incroyables (j'ai acheté une carte postale de soleil couchant avec lumières dorées) ;

– la Tamise en bateau-mouche (une fille a failli passer par-dessus bord en prenant la pose de *Titanic* du côté de la proue, j'étais hilare) ;

– Hyde Park, l'endroit que j'ai préféré, à cause des musiciens, des jongleurs, des chanteurs, des acrobates, et même, un dresseur de souris.

Quick, quick Juliette ! répétait Mary en regardant sa montre, on était en retard sur le programme prévu mais je voulais, moi, m'arrêter partout, prendre des photos, acheter une glace, m'asseoir sur un banc devant les cracheurs de feu et les souffleurs de bulles de savon.

Nous avons fait une mini-pause sandwich sur une pelouse à côté de la statue de Peter Pan. J'ai cru que je n'arriverais plus à me relever tant mes jambes tiraient. J'ai pensé : à ce rythme, en deux semaines, j'aurai parcouru toute l'Angleterre ! Et je me demandais pourquoi tant de visites étaient concentrées le même jour alors que j'étais à Londres pour quatorze nuits. Qu'est-ce qu'on allait bien faire le reste du séjour ? Je me suis tortillée tout l'après-midi à cause des trois canettes de jus de fruits avalées depuis le matin, n'osant pas demander à aller aux toilettes car Mary continuait à surveiller sa montre, quick Juliette ! quick children ! quick John !

Au retour tout à l'heure, je me suis jetée sur mon lit, molle comme un crocodile Haribo. Maintenant les bruits de la maison s'estompent, je divague, je m'enfonce dans le sable chaud d'une plage, engourdie. Je vois des jongleurs dans l'air bleu, des cracheurs de feu et des gardes en veste rouge et bonnet à poils noirs se promener sur le rivage, ensuite ils deviennent flous, je flotte dans une lumière d'or au bord du sommeil... Puis Jane entre dans ma chambre en riant, its' meeeee!, c'est moiiiiii!, agitant au bout de ses doigts les minuscules marionnettes de laine tricotées que je lui ai rapportées de France : sur le pouce une Marianne en bonnet phrygien, sur l'index une tour Eiffel aux longs cils, sur le majeur une danseuse de french cancan, sur l'annulaire une bouteille de vin en smoking, sur l'auriculaire un garçon en béret. Elle se met à raconter des histoires incompréhensibles. Je la regarde, à moitié endormie. J'écoute sa voix fluette. Je lui désigne ma valise. Lui fais signe de soulever le rabat. Elle pousse un cri de joie en découvrant mes peluches, les pose toutes sur mon lit. Je me redresse, je bâille.

  – Dog! elle dit en désignant Pluto, et je répète le mot qu'elle croit m'apprendre.

Puis je dis « chien ». Elle dit « chiant » en secouant ses boucles.

– Chi-en!

– Chi-ant!

Et me voyant rire, elle continue :

– Chi-ant, chi-ant, chi-ant, chi-ant!

Elle dit :

– Mouse! Cat! Cow-boy! en prononçant « caouboy ».

Je dis :

– Souris! Chat! Cow-boy! en prononçant « coboy ».

Elle dit :

– Doll! en désignant une des poupées russes.

Je trouve que c'est un beau mot, *doll*.

– Poupée!

– Pupey!

Jane embrasse tous mes doudous puis pose sa tête sur mes genoux et continue à remuer ses doigts encapuchonnés de marionnettes. Je caresse ses cheveux de soie. J'adore ma grande sœur Flo. Mais je me dis qu'une petite sœur, ça ne m'aurait pas déplu.

Ma première journée à Londres n'est pas terminée. Mary annonce qu'on va faire des « scôounse ». Elle me tend une fiche recette avec une photo de petits gâteaux dorés qui ont l'air bien plus appétissants que le « feudge ». On passe des tabliers Jane et moi, on sort des fouets, un énorme saladier, et on fabrique une pâte dense qu'on moule en petits triangles beiges. C'est drôle cette famille, le père lit le journal et les garçons jouent à des jeux vidéo pendant que les filles font la cuisine. Chez moi c'est le contraire, ma mère ne sait pas faire cuire un œuf et le chef cuistot, c'est papa. On regarde les « scôounse » gonfler derrière la porte du four, puis on les mange tièdes, coupés en deux, avec du beurre, de la confiture de groseilles et de la crème : c'est délicieux! Après, Mary envoie tout le monde se coucher. Demain, dit-elle avec un sourire mysté-rieux, on doit se lever très tôt.

– What? râle George, offusqué.

– It's a surprise... chuchote Mary en posant un index sur sa bouche.

Jack me jette un regard noir. Dans ses pupilles, je lis : une surprise aux aurores, ça ne peut être qu'à cause de toi, la petite Française, tu vas ruiner ma grasse matinée. Je souris. Moi, j'aime bien les surprises.

Je monte à ma chambre en bâillant avec la grâce d'un éléphant, lourde de scones et de crème fraîche, des courbatures plein les jambes. Je renonce à me brosser les dents, à aller aux toilettes, je me déshabille et me glisse en t-shirt entre les draps, savourant d'avance le duvet et l'oreiller moelleux. Je n'ai pas le temps de penser au baiser du soir de ma mère, qui m'a tellement manqué en classe de neige l'année dernière, battements de cils contre ma joue du baiser papillon, frottement des bouts de nez du baiser d'esquimau, griffes douces dans mon cou du baiser des lionceaux. J'avais beau tenter de retenir mes larmes dans mon lit au fond du dortoir, serrer mes dents, ravaler les sanglots en boule dure au fond de ma gorge, tendre tous les muscles de mon corps en rempart contre le chagrin, il finissait par s'infiltrer quand même et jaillissait par mes yeux. Je voulais un baiser de ma mère, un papillon, un lionceau, un esquimau, mes yeux coulaient silencieusement, je n'y pouvais rien. Et j'étais en colère, tellement en colère contre moi d'être incapable de me séparer des parents quelques jours alors que les copains trouvaient ça formidable. Mais ce soir à Londres, dans cette chambre inconnue, pas de chagrin, pas de lutte, pas de larmes. Est-ce que c'est parce que je pense à Flavie, que j'ai un défi à relever ? Est-ce que c'est grâce à Jane, la toute petite fille à couettes qui m'oblige à être une grande sœur, plus forte qu'elle ? Je souffle un baiser à ma mère du bout des doigts, j'imagine mon baiser traverser la Manche, voler dans la brise jusqu'à Paris, et se poser en plume sur sa joue. Sous mes paupières, je rétrécis Flavie en fourmi minuscule ; je décide de lui épargner la semelle de ma chaussure, et je la regarde s'enfuir affolée entre les cailloux. Ensuite, la main refermée sur mon Pluto, je sombre dans le sommeil comme une pierre au fond d'un lac.

Chapitre 4

– Julieeeette ! Julieeeeette !

Un éclair blanc fend l'obscurité. J'ouvre les yeux sur l'ampoule nue, des taches de lumière dansent devant mes pupilles. Décidément, chez les Littlestone, les réveils sont brutaux.

– Julieeeette, wake up !

Je me redresse d'un coup, le cœur à cent à l'heure, tandis que George disparaît en claquant ma porte. Je frotte mes yeux, je repousse le duvet, titube, toujours éblouie, vers la fenêtre, écarte les rideaux : nuit noire. Je cherche ma montre sur la table de chevet… 4 heures du matin ! Qu'est-ce que c'est que ce trafic en pleine nuit ? Je frissonne dans le courant d'air. La porte de ma chambre s'ouvre brusquement, et Mary en pyjama fait irruption avec un sac de sport.

– Good morning Juliette !

Elle m'embrasse le front, marche résolument vers mon placard, fourre pêle-mêle dans le sac mes vêtements et mes chaussures et me demande de m'habiller. Soudain ça me revient : la surprise ! J'enfile mon jean au ralenti. Je regarde à nouveau ma montre, pour être sûre : 4 h 05. Y a quand même des heures pour les surprises… Je sors de ma chambre, j'aperçois mon reflet dans un miroir : cheveux emmêlés pleins d'épis, braguette ouverte, gilet enfilé à l'envers ; c'est pas brillant. Mary sort en trombe de la salle de bains avec ma trousse de toilette, et je la suis dans l'escalier sans poser de questions. Debout dans l'entrée, George, Jack et Jane ont l'air aussi en forme que moi, paupières basses, cils collés, haleine pâteuse, des vraies têtes de Droopy. Dehors dans la nuit, en short, casquette et gilet d'explorateur,

John bourre le coffre de la voiture avec des han !
sonores. Quand il a réussi à faire entrer tous les
bagages, il se tourne vers nous, le front en sueur :

– Let's go !

Mary distribue des petites billes blanches
contre la nausée à laisser fondre sous la langue.
Ça doit vouloir dire que le trajet est long, qu'on
va loin. John allume les phares, pousse le volume
de la radio, et tape sur le volant pour donner le
signal du départ. Alors Jane s'inquiète :

– What about Carmen ?

Ah oui, tiens, où est le chien ? Mary répond
une phrase incompréhensible d'où jaillit le mot
grandmother, celui-ci je le connais, grand-mère,
et je suppose qu'une mamie va s'occuper du
chien, comme la mienne s'occupe du perroquet
quand on part en vacances.

Puis la voiture file dans la nuit au son des
Rolling Stones.

Quand j'entrouvre les yeux il fait jour. Autour
c'est la campagne, champs et forêt, villages,
fermes, vaches et moutons, sous un ciel bleu
traversé de gros cumulus blancs. George ronfle

bouche ouverte, un filet de bave au coin de la lèvre. Jane joue avec ses marionnettes à doigts, Jack à la DS. 7 h 05 à l'horloge à cristaux liquides. Des panneaux défilent, The North West, Stafford, noms inconnus. Je me rendors, me réveille plusieurs fois, je lis d'autres noms sur d'autres panneaux, rien qui me parle, puis les petites billes blanches avalées tout à l'heure contre la nausée referment mes paupières. 10 heures à l'horloge quand je les rouvre. Presque six heures qu'on roule ! Je rassemble les indices pour résoudre le mystère « Surprise Littlestone » :

1/ Destination de la surprise : je ne suis pas un as de la géographie mais je sais situer Londres sur la carte de l'Angleterre. Le Royaume-Uni c'est une île. À l'est de Londres, la mer du Nord. À l'ouest la mer d'Irlande. Au sud, la Manche. Si on roulait dans l'une de ces directions, on aurait coulé depuis longtemps, à moins qu'on se trouve dans une voiture amphibie. Conclusion de la géniale Juliette Pommerol : on file vers le nord, où la mer est bien plus éloignée.

2/ Durée de la surprise : vu le volume de bagages premièrement (coffre plein comme un œuf dirait ma mère), vu la distance déjà parcourue depuis l'aube, on peut raisonnablement déduire que l'activité prévue doit durer au moins deux jours, soit le double du trajet déjà effectué.

3/ Contenu de la surprise : c'est le plus délicat à déterminer. Peu d'indices à disposition. Seule indication, l'étrange tenue vestimentaire de John Littlestone : short de randonnée, grosses chaussures de marche toutes neuves avec chaussettes montantes à mi-mollets, chemise beige d'aventurier avec manches retroussables et poches multiples pour couteau, lampe-torche, boussole et autres instruments de survie, gilet plein de fermetures Éclair et casquette à rabat dans la nuque pour lutter contre l'implacable morsure du soleil. Sauf que le nord de l'Angleterre, c'est pas le Sahara, la capuche doit être plus utile que le rabat dans la nuque. Sur ce point, donc, le contenu de la surprise, aucune hypothèse à formuler.

On fait des pauses pour se dégourdir les jambes, boire un thé au thermos, avaler un sandwich aux œufs-mayonnaise, et on repart. George et Jack insistent pour savoir où on va, mais Mary répond par un rire à toutes les questions qu'ils lui posent. George essaie d'ouvrir le coffre pour scruter les bagages et tenter d'élucider l'énigme, mais John garde la clé au fond de sa poche à double fermeture Éclair. Jane est persuadée qu'on est en route pour Disneyland près de Paris, elle rêve déjà de rencontrer Minnie et la Reine des Neiges et chante à tue-tête la chanson d'Elsa : « Léditgow ! Léditgow ! Kéntholditbakénimoooooooore ! » Moi, je continue à scruter les panneaux sur le bord de la route. À un moment je lis Scotland – Glasgow – Edinburgh. Scotland... mais, ça veut dire Écosse ! On va en Écosse ? Pour quoi faire ? Je pense Écosse et me viennent des images de châteaux hantés, d'hommes musclés en kilt qui lancent des troncs d'arbres comme des javelots, de joueurs de cornemuse... On dépasse Glasgow, je lis Perth, Inverness, Loch Ness. Loch Ness ? Comme le monstre du Loch Ness ? George et Jack aussi ont vu le panneau.

– Woooow ! hurle George exalté.

Et Jack se met à sauter sur le siège en scandant :

– Nes-sie! Nes-sie! Nes-sie! qui est le nom anglais du monstre, par-dessus la chanson de la Reine des Neiges.

La prof d'anglais nous a parlé de Nessie, le monstre mangeur d'hommes vieux de quinze siècles. Elle a dit que c'était une légende, mais en 1934, un médecin britannique a photographié la tête du monstre jaillie des eaux du lac. Une grosse blague selon la prof, mais je doute. Nes-sie ressemble à un énorme serpent de quatre ou cinq mètres nageant dans des eaux noires entourées d'une plaine lugubre et désolée.

Mais on dépasse la sortie « Loch Ness ». La surprise n'est pas dans le lac du Loch Ness. Silence dans l'habitacle. Jack et George ont l'air franchement déçus. L'horloge indique 4 pm, quatre heures de l'après-midi, on est partis depuis douze heures. J'ai des fourmis dans les jambes, envie de piquer un sprint, et puis la nausée, les petites billes blanches ont cessé de faire effet. Jusqu'où on va aller comme ça?

La route traverse une lande verte couverte de bruyère sous un ciel de fer, parfois des rayons de soleil traversent la couche de nuages comme une pluie oblique. C'est beau et effrayant en même temps, j'ai l'impression de traverser un décor de film tant la lumière est irréelle, presque magique. Je lis d'autres panneaux, Tain-Golspie, puis la route rétrécit. Des noms bizarres surgissent encore en lettres plus fines, Crask Inn, Altnaharra, Tongue. Jack hurle et frappe du pied par terre, il n'en peut plus. Moi non plus mais je me tais, je compte sur Jack pour tirer les vers du nez à ses parents. Je rêve de me lever, courir, sauter ! Maintenant, la route est plus étroite que l'écartement entre les roues de la voiture et on roule en partie sur de la terre. Cri de George qui veut descendre, I want to get oooouuuut ! Et tout d'un coup surgit, comme jaillie de la gorge de George, tout en bas de la lande verte et brune, une étendue bleu sombre et sans limites : la mer ! John pile devant le majestueux panorama. La route est si pentue qu'elle semble un toboggan vertigineux jusqu'à l'eau. On est bouche bée. John ouvre toutes les fenêtres et redémarre, le vent s'engouffre dans l'habitacle et nous donne l'illusion d'être lancés sur une rampe pour un immense saut de l'ange.

– Yihaaaa !

En bas de la pente, la mer est remontée au niveau de la route, mince ligne bleue contre le ciel cotonneux. On tourne à gauche sur un chemin herbeux. Et là je lis avec effroi l'enseigne rouge sur fond blanc : « Blue Sky camping – Welcome ! » Camping ? On a fait tout ce trajet pour planter une tente ? C'est ça la surprise ? Dormir sur un sol dur comme pierre et se les geler toute la nuit en craignant les averses ? Mary se tourne vers moi, ravie :

– Juliette, you are happy, aren't you ?

Si je suis contente ? Oh la stupide idée de répondre oui à toutes les questions du formulaire de la mairie, oui à la poterie, aux musées, au vélo, au cinéma, au jardinage pour être sûre de partir en Angleterre et tenir tête à Flavie, oui au camping aussi, et même j'avais été poète devant ma mère médusée, je répétais mot pour mot les phrases exaltées de ma tante qui revenait d'un bivouac au Québec… Mary me fixe avec un sourire, j'inspire un grand coup et je hoche la tête, en apnée. Avec un « yes » je mens, encore une fois.

Chapitre 5

J'ai la vessie prête à éclater mais je n'ose pas sortir. Je bouge le moins possible et je fixe la toile de tente, bien à plat sur le dos, en espérant que ça passe. Jane dort à côté de moi, paisible, le pouce dans la bouche, la veinarde. Les parents ronflent dans une autre partie de la tente, qui en compte trois, avec une sorte de pièce commune au milieu, pour manger à l'abri quand il pleut par exemple – en Écosse, ça doit servir souvent... Jack et George sont dans une petite tente séparée, je vois le halo rond et jaune de leur torche se balader par transparence derrière la toile, ils veillent. Pour aller aux toilettes il faudrait traverser la nuit. Elle est d'un noir d'encre, craque bizarrement, tu ne vois que la lueur de ta lampe au bout de ta main et tu es repérable par n'importe quelle force maléfique, animal féroce ou tueur en série. La plus cruelle de ces créatures est d'ailleurs invisible à l'œil nu. Tu ne peux pas la combattre, elle est ultra puissante parce que indécelable. C'est sa morsure qui la révèle. Je ne mettrai pas le nez dehors, tant pis, et plus jamais de thé avant d'aller me coucher. J'ai trop peur. Dehors, la créature a bien failli nous dévorer tout à l'heure.

John avait sorti les bagages, étalé les sacs de provisions, tentes et sacs de couchage sur l'herbe vert fluo, et semblait se demander par où commencer... Il a contemplé les toiles, les sardines, les armatures des tentes comme des objets complètement exotiques, puis déplié le mode d'emploi plein de flèches en tous sens. Mary jetait un œil par-dessus son épaule, sourcils froncés. Ils n'avaient pas l'air de pros du camping, on aurait dit qu'ils lisaient du chinois. Les garçons tapaient dans le ballon à côté de la voiture, Jane se frottait les yeux et bâillait sans cesse. Moi je grignotais des biscuits pendant que le soir tombait, et de temps en temps je me donnais des claques pour tuer un moustique. À un moment John m'a tendu le mode d'emploi :

– You like camping, don't you?

Je l'ai vu venir. Il croyait que j'allais la monter, sa tente, que je connaissais le matériel puisque je suis censée être fan de camping ! Et moi je n'avais en mémoire que les publicités pour ces tentes rondes qu'on lance comme des frisbees et qui se déplient toutes seules... J'ai secoué la tête, désolée, je ne lui serais d'aucune aide. On s'y est mis tous ensemble et dans le désordre, essayant de faire tenir la tente en volume, plantant les sardines selon nos intuitions et sans se concerter, si bien que la tente changeait constamment de forme, petite montagne, dolmen, figure indéfinissable dans laquelle, c'est sûr, nous ne pourrions pas entrer autrement qu'en rampant... On enlevait, replantait les sardines, on se passait le mode d'emploi pour essayer de faire coller notre construction avec le schéma, en vain. Jane se grattait la nuque à cause des moustiques, pleurnichait. J'avais faim. George s'énervait, donnant des coups dans la toile rebelle. Jack disait que si ça continuait il dormirait dehors.

– Aoutch ! a crié Mary en se frappant la cuisse.

Elle a regardé sa main vide, la marque de sa main sur sa cuisse. Puis elle s'est gratté la peau jusqu'au sang. Alors un énorme nuage d'insectes s'est abattu sur nous, piquant les joues, la nuque, les mollets. Je me suis frotté le visage, les cheveux, assaillie, ils sont entrés dans mes oreilles, mes narines, ma bouche, sous mon t-shirt et dans mon short, des milliers d'aiguilles minuscules. On dansait sur l'herbe au milieu des morceaux de la tente, les Littlestone et moi, une drôle de danse d'Indiens très excités avec vocalises dans le soleil couchant, les cow-boys étaient invisibles et ils attaquaient de toutes parts. On a fini par se rabattre dans le bungalow d'accueil, la peau criblée d'une myriade de trous rouge carmin. On s'est regardés tous les six, effrayés, au supplice. Les bras me démangeaient horriblement, les jambes, le ventre, le dos, c'était irrésistible. On s'est mis à se gratter de concert, furieusement, étendant la brûlure et enflant lentement, jusqu'à ce que l'employé derrière son bureau se précipite vers nous et tape sur mes mains, comme on punit un enfant qui a fait une bêtise :

– Don't do that !

Je me doutais bien que se gratter n'était pas une bonne idée. Que ça allait être pire après. J'avais la sensation d'une fourmilière à l'intérieur de moi. Comme pour s'excuser de son geste l'employé m'a tendu la main et salué toute la famille :

– I'm David.

Ça grattait de partout. Même les aisselles, même les fesses, même la peau fine entre les doigts, même dans le nombril, mêmes les lobes d'oreilles et le contour des lèvres. J'ai discrètement recommencé à me griffer le coude, le genou, le dos de la main tandis que David me foudroyait du regard. Il a donné à Mary une petite brochure où figurait le visage de l'ennemi et son identité : le *midge*, un moustique miniature. Un machin ailé transparent qui ne mesure pas un millimètre, capable de ravages pareils ? Dehors la nuit tombait, infestée de midges. Pas une silhouette, tu penses, qui a envie de se faire sucer le sang en trois secondes ? Le camping sombrait dans l'obscurité et nos tentes n'étaient pas montées. John tenait le mode d'emploi à la main, dépité. L'employé a eu pitié. Il a pris le mode d'emploi, l'a examiné un instant, et nous a demandé de le suivre. Il est sorti bras et jambes entièrement couverts, avec une sorte de scaphandre pourvu d'une moustiquaire en guise de visière. On a couru à la voiture enfiler jeans et K-Way hermétiques, serré les capuches sur nos crânes, bandé nos visages avec des foulards, et on a obéi aux ordres de David : lui, monter une tente, il savait faire. Les midges tournoyaient en poussière dans la lumière des torches. Ils traversaient les mailles de mes vêtements, ma seule défense c'était bouger en tous sens, les empêcher de se poser sur un millimètre de peau pour transpercer mes veines. Alors je plantais avec ardeur les sardines, j'enfilais les armatures en déployant de grands gestes, tentant de comprendre les directives de David étouffées par son costume, et déformées par l'accent écossais qui fait rouler des pierres au fond de la gorge, vite, vite, qu'on s'enferme à l'intérieur !

Quand on s'est enfin retrouvés sous la toile tous les six, isolés du dehors, qu'on a abaissé nos foulards, nos capuches, telle une armée de brigands après la bataille, on s'est scrutés avec stupeur : les midges s'étaient faufilés dans chaque interstice entre les tissus, on avait comme une peste rouge en travers du visage. Mary était tatouée d'un loup de carnaval rouge vif, reproduisant exactement le contour de ses lunettes.

– Well, well... a soupiré John. Let's eat !

Manger, pour se distraire de la démangeaison. Et avant ça, tournée générale de crème apaisante pour les piqûres d'insectes. On a croqué des tomates, des radis mous, ouvert des boîtes de thon dont l'odeur de marée se mêlait à la citronnelle. On se les gelait sec, les fesses par terre dans l'humide nuit des Highlands, alors Mary a sorti la thermos où stagnait un fond de thé tiédasse qui ne m'a pas réchauffée. Puis on s'est glissés dans nos sacs de couchage, les doigts huileux de thon et les dents pas lavées. Tant pis. Dormir, s'il vous plaît, oublier les midges !

Mais me voilà allongée, à serrer les cuisses à cause du thé avalé tout à l'heure, incapable de sortir pour aller aux toilettes... Je maudis Flavie, je maudis ma tante et son goût du bivouac au Québec, qui a inspiré mes tirades poétiques sur les joies du camping devant l'employé de la mairie, et je prie de finir par m'endormir sans mouiller mon duvet. Mes mains cherchent à tâtons mon Pluto et les dix peluches qui tiennent les cauchemars à distance, Lucky avec son colt pour buter les midges, Bécassine toute mitée, ma petite souris danseuse, mais ma main ne rencontre que les matelas en mousse, le sol plastique et les duvets. Oh non. Non, ce n'est pas possible. Je me lève sans bruit, la vessie torturée, l'angoisse au creux des côtes. Je balaie de ma petite lampe l'entrée de la tente, déniche le sac de sport où Mary a jeté mes affaires ce matin à 4 heures avant de quitter Londres – j'ai l'impression que c'était il y a des siècles –, je dézippe en tremblant la fermeture Éclair, pitié, je supplie dans ma tête, et je n'ai plus une pensée pour les nuées de moustiques, tout ce qui compte à cet instant c'est qu'elles soient là, mes onze peluches pare-feu contre le chagrin, et je veux bien donner un bras entier à ces mini-vampires pourvu que Mary ait pensé à les emporter avec nous. Au moins Pluto. Au moins Lucky. Peine perdue. Le sac est complètement vide. Je retourne hébétée à mon duvet. C'est trop pour une seule journée, le camping, les midges, l'absence de mes peluches. J'appuie très fort le duvet sur mes yeux, il absorbe mes larmes. Puis je me rapproche doucement de Jane, de son petit corps chaud et calme. Pleure pas, Juliette Pommerol. Tu es ici parce que tu l'as voulu. Je me rends compte que j'en ai plein, des défis à relever. Parler anglais, braver les midges, et me passer de mes doudous. Je ne serai pas venue pour rien chez les Angliches... Je respire l'odeur de savon dans le cou de Jane et ce parfum me rassure. Elle doit faire des rêves de princesse et de barbe à papa. Ma consolation, c'est une petite fille de cinq ans qui ressemble à une poupée avec ses couettes bouclées, et bave la bouche ouverte sur son oreiller bleu.

Chapitre 6

Dès le matin, on se pare pour sortir des tentes, manches longues, jambes couvertes, cols serrés. Dehors, le soleil est radieux et les campeurs marchent en shorts et t-shirts. Ils n'ont peur de rien ! David nous aperçoit dans nos tenues de combat depuis le bungalow d'accueil, et se précipite vers nous en riant :

– No midges during the day !

Le jour, pas de midges ! On fait voler en l'air les K-Way, les foulards, et je sens l'air frais caresser mes piqûres de la veille. Mary propose une promenade jusqu'au village. On longe des champs pleins de moutons laineux, ils ont des têtes noires comme Shaun le mouton, j'adore Shaun le mouton et je sors mon appareil photo, clac, c'est pour ma sœur. Au loin, le sable blanc d'une petite plage a l'air doux comme une farine. Le bleu très bleu de la mer tranche net avec le vert très vert de l'herbe. On dirait que quelqu'un manipule les couleurs derrière un écran d'ordinateur, sature l'image au maximum, elle a des teintes de pierres précieuses, émeraude et saphir. Jane saute dans les flaques et trempe ses sandales. Sur le bord, l'herbe mouillée scintille de mille diamants. Je n'essaie plus de prendre des photos, mes yeux absorbent en vrac les bleus, les verts, les blancs les plus brillants que j'aie vus de ma vie, j'en oublie mon affreuse nuit à me tortiller dans le duvet et à lutter contre la tentation de griffer mes boutons, je me soûle de couleurs et je tire un trait sur mes cauchemars de la veille, doudous noyés et attaques de vampires. C'est vachement beau les Highlands. J'ai jamais rien vu d'aussi beau. Si ça se trouve, Flavie, tu es dans une ville moche qui sent mauvais et où tu t'ennuies à mourir...

La quincaillerie du village est un bunker anti-midges. On y vend des scaphandres à voilette comme celui de David, des combinaisons qui couvrent d'un seul tenant les jambes, le corps, les bras et la tête, façon tenue d'apiculteur. Des moustiquaires de lit, de fenêtre, de tente. Des serpentins à fumée odorante à brûler sous les tables, des lotions puantes et des sprays au beurre de karité, essence de lavande ou d'eucalyptus, et même une machine incroyable, un aspirateur à midges, qui purge l'air des insectes si je comprends bien le schéma étiqueté au-dessus. Un petit sac en plastique transparent à moitié plein de poussière est fixé à un clou. Je lis le commentaire scotché à côté : « One million midges inside ». Un million de midges là-dedans ! C'est pas possible d'être aussi ridiculement petit et aussi nuisible... Je vois aussi des photos de soldats en arme voilés de moustiquaires posant devant un aspirateur à midges, et une légende : « Royal Navy Commandos guard nuclear missiles ». Ça alors. Les soldats de la Marine royale sont obligés de s'affubler de tenues pareilles et d'un aspirateur à midges pour supporter de monter la garde devant des hangars à missiles ! J'entends un rire à ma gauche, et je me retourne. Un garçon roux se marre devant les photos. Tout de suite je tombe dans la menthe de ses pupilles.

On se croise dans les rayons, entre les sprays et les compresses. Il y a aussi du matériel de pêche, des cannes, des boîtes à appâts, des mouches en plumes multicolores comme celles qu'utilisait mon grand-père. On dirait des parures de bal, des broches de comtesse, des épingles à cheveux de la cour de Louis XIV. Le garçon me rejoint, pique une mouche rouge et bleu dans ses cheveux, minaude la bouche en cul de poule façon grande dame. C'est moi qui me mets à rire. Il pointe son doigt vers ma joue, mes poignets, la grêle des piqûres de midges. À mon tour je désigne les points rouges au dos de sa main, dans son cou, et il sourit.

– Camping at the Blue Sky ?

– Yes, je lui réponds dans un anglais timide, je campe au Blue Sky. Il repère mon accent.

– Where are you from ?

– From Paris.

On me tape sur l'épaule. Je me retourne et je sursaute en voyant George rugir à l'intérieur d'une tenue de cosmonaute anti-midges, les yeux exorbités.

– I am a midges killer...

Un exterminateur de midges ! La voix de Mary nous appelle à la caisse, Julieeeeeeettte !

– Juliette ? me demande le garçon.

Je hoche la tête. C'est bien moi.

– I'm « Taouny ».

Tony, je suppose. Nous rejoignons Mary à la caisse, elle a acheté des tonnes de produits anti-midges et des moustiquaires de tente. On rentre au Blue Sky chargés comme des mules, et j'espère que de loin, « Taouny » aux yeux verts me regarde m'éloigner.

Une fois équipés, on peut songer à faire du tourisme. On passe l'après-midi à marcher autour d'un lac salé qui entre comme une langue dans la terre : le Kyle of Tongue, m'indique John sur la page du guide, articulant de toute sa mâchoire – faut que ça lui passe à la fin cette manie de me parler comme si j'étais demeurée. Je réprime une terrible envie de rire en répétant docilement après lui : kaïlovtangue. On dirait que personne n'a marché ici, jamais, pas un homme. Que la nature s'appartient depuis toujours, intouchée, avec ses collines vierges de maisons et de clôtures, sa plage déserte comme au commencement du monde, du moins l'idée que je m'en fais, du sable, de l'eau, des coquillages point barre, pas de serviette-éponge, d'odeur d'huile solaire, de kiosque à glaces, de parasols, de parties de raquettes, de douches d'eau douce et de sonneries de portable. Des têtes d'otaries pointent même à la surface de l'eau sans craindre de menace, parfaitement indifférentes à nos t-shirts rouges, à nos sueurs, à nos voix, comme si on n'était pas là. On marche longtemps, mes pieds s'enfoncent dans le sable et la terre noire. Au-dessus de nos têtes tournent des dizaines d'oiseaux aux cris assourdissants. Un moment je pense au film d'Hitchcock, à ce village assailli par des oiseaux tueurs. Mais aujourd'hui ils tournent en larges cercles, tranquilles, seulement préoccupés des courants ascendants, et ils piquent droit sur l'eau d'où ils tirent des poissons argentés. John me tend le guide, fait coller du bout de l'index les illustrations aux oiseaux, Black-headed Gull, Eurasian Oystercatcher, Great Cormorant. Jane tend la main et me hurle « gueule » ! « gueule » ! alors je lui réplique en français mouette ! mouette ! et le vent emporte loin nos voix. Je plonge mes pieds dans l'eau turquoise. On dirait l'île Maurice mais l'eau mord mes orteils, gelée comme un torrent de montagne. C'est une mer pour les mouettes, « gueule » ! « gueule » ! et les otaries, pas une mer pour les humains.

Je sens la première piqûre dès que le jour décroît. La lumière devient jaune, quasi rose, et je claque dans ma nuque le premier midge. Jack et George se frappent les bras à leur tour, donnant le signal du repli vers la voiture garée au bord du lac. Bientôt vont surgir des nuages de midges toutes trompes dehors, femelles assoiffées de sang, alors nous courons à perdre haleine dans le soleil du soir, les semelles collantes de boue, et refermons d'un coup sur nous les portes de la voiture. Au camping, on enfile manches et jambes longues, on noue des foulards autour de nos cous, on s'asperge de spray qui pue, on dresse les moustiquaires à l'entrée des tentes. Ne pas sortir jusqu'à la nuit, ensuite les midges disparaissent. On cuit des nouilles sur le réchaud à gaz, on joue aux dames tandis que sous nos pieds se consument des serpentins qui font tousser. Il faut choisir : la toux ou les midges. John distribue des cartes postales, j'écris à maman, papa, Flo, j'ai même une pensée pour Jacquot, mon perroquet, et ça me réjouit sans me causer de chagrin. Je leur écris qu'en vérité, le camping c'est pas si mal. C'est moi qui suis désignée pour aller poster les cartes au bungalow d'accueil. J'enfonce ma tête sous la capuche et je remonte mon écharpe sur le nez. À l'intérieur du bungalow, David discute avec Tony. À sa vue, je sens une vague chaude rouler sous mon sweat. Je détaille la carte de ses taches de rousseur tandis qu'il me parle en gloubiboulga, je ne comprends rien mais c'est pas grave, il est beau comme le Kyle of Tongue. Et comme le Kyle of Tongue, y a qu'à le contempler sans rien dire.

Ce soir je ne boirai pas de thé, je me coucherai contre Jane qui sent le chaud et le savon, je ne penserai presque pas à mes peluches, sauf Pluto et Lucky. J'aurai la lèvre qui tremble un peu mais pas longtemps, je suis sûre, car je ferai surgir leur image dans le fond de ma tête et ils coloniseront mes rêves.

Chapitre 7

Deux jours qu'il pleut. La pluie ici c'est comme les midges en pire : ça te cloître sous la tente toute la journée. Une toile de tente ployée par l'eau, qui crève par endroits et goutte. Il faut allumer des lampes électriques à cause du jour qui ressemble à la nuit tant le ciel est sombre, il n'y a rien d'autre à faire que jouer aux cartes, aux dames pendant des heures. La pluie allonge le temps, la journée dure trois fois plus qu'une journée normale, et l'humidité froide pénètre ton corps jusqu'aux os. La nuit le sol est frais comme un carrelage, et allongé sur ton mince tapis tu frissonnes en comptant les gouttes, floc, floc. Je me dis que le camping, ça n'est vraiment possible qu'au sud de Lyon, plus de trois cents jours d'ensoleillement par an selon mon prof d'histoire-géo.

On a essayé de sortir. Mais les midges adorent la pluie, ils pullulent au-dehors en pleine journée, plus nombreux que les limaces, et la terre dégorge une eau noire : en trois secondes tes pieds sont trempés. On a marché jusqu'à la mer grise comme un très vieux film, la pluie oblique frappait nos K-Way et les midges s'insinuaient dans nos cous, on plissait les yeux, le dos courbé, sans rien voir : aucun intérêt. On est rentrés au Blue Sky. Maintenant George est énervé parce que sa DS n'a plus de batterie, Jane s'est assoupie sur ses marionnettes, les parents font des mots fléchés, et comme Mary n'a pas pris mes livres en faisant les bagages à Londres à 4 heures du matin, je m'ennuie à mourir. Je décolle les escargots blancs et gras qui grimpent sur les piquets de la tente, je les pose sur les cailloux et je regarde leurs antennes remuer lentement. La pluie, la pénombre me ramollissent, je pense aux baisers papillon, esquimau et lionceau de ma mère, à nos après-midi DVD sur le canapé sous une couverture polaire les jours moches, Flo et moi, avec bol de chocolat et brioche au beurre. Je crois que cette tristesse chaude s'appelle mélancolie.

Pour la vingtième fois, John regarde la météo sur son portable, espérant que la dépression change enfin de direction, se déporte ailleurs. Soudain il pousse un cri, Yeeeeees ! Ça y est, demain il fera gris seulement. Gris mais sec, je vois le petit nuage foncé au-dessus de la carte des Highlands sur l'écran qu'il nous tend à la ronde, pas la moindre diagonale d'averse en dessous. John est ressuscité par la nouvelle : pas de pluie ! No rain ! il répète, soulagé, tomorrow no rain ! Et ça lui donne des tas d'idées de promenades, d'excursions dans la lande, de visites de criques et de réserves d'oiseaux, il lève les bras au ciel en signe de victoire. Alors la tente s'écroule sur nos têtes, libérant une cascade d'eau froide.

Il faut une heure pour nous sécher. Pendant ce temps, John dévore le guide.

– Woudyoulaïketouraïdeuhorse, Juliette ? et il pointe la photo d'un cheval en pleine course sur le sable, crinière au vent.

Faire du cheval, c'est ça ? Jamais monté un poney, moi. Ça a l'air excitant quand même, je me dis tout en frottant mes cheveux trempés, la mer argentée, le cheval beige galopant dans l'écume... Allez Juliette, tu vas pas faire ta chochotte, déjà qu'il pleut, tout plutôt qu'une journée de plus à compter les minutes et à claquer des dents. OK, je dis, et j'espère que je ne vais pas mourir de trouille. John parle au téléphone avec le club hippique, et quand il raccroche, satisfait, il annonce :

– Tomorrow, 2 pm !

Demain, à 2 heures, je vais grimper sur un canasson pour la première fois.

Seulement il va falloir que je mente. Je me regarde dans le minuscule miroir des douches au soir de cette même journée, la bouche mousseuse de dentifrice, le pyjama bien boutonné, et je me demande si je vais y arriver, à mentir sans flancher à ma famille d'accueil. À tenir, malgré la boule dans le ventre et la honte à mes joues. Mentir aux Littlestone.

Faut dire, je ne pouvais pas prévoir ce qui est arrivé. J'allais juste rendre la boîte de dominos que nous avait prêtée David cet après-midi, les dames et les cartes on n'en pouvait plus, et on allait se faire chauffer une soupe en sachet en pensant que demain est un autre jour, sans pluie et avec galop sur la plage, quand je me suis trouvée nez à nez avec Tony. Ça pique plus fort qu'un midge, de voir ce garçon. Ça démange dans le cœur, vraiment. Il tenait à la main une feuille remplie de noms. Derrière lui, sur le panneau des annonces, une affichette barrée d'un slogan facile à comprendre : *Mini Olympics at the Blue Sky*. Des petites Olympiades, donc, ici même, et la date de demain en grosses lettres rouges, à côté d'un horaire : 2 pm.

– Areyouinmaïtim ?

Je progresse nettement en anglais, mais j'ai encore du chemin à faire... David a tapé quelque chose à l'ordinateur, et m'a fait signe de passer de son côté derrière le comptoir. *Team*, en français, indiquait le dictionnaire électronique, ça veut dire équipe. Quoi ?! Faire partie de l'équipe de Tony ? J'ai pointé mon index sur ma poitrine avec de grands yeux étonnés. Tony a hoché la tête. Mon cœur a gonflé sous mes côtes. Avoir Tony pour capitaine tout un après-midi ! Être choisie par lui ! J'ai dit oui, évidemment, j'ai posé la boîte de dominos sur le comptoir, et je suis rentrée à la tente avec un feu d'artifice sous les côtes.

Maintenant je crache mon dentifrice, je regarde l'eau tournoyer et défaire la mousse blanche au fond du lavabo. Qu'est-ce que je vais inventer pour zapper la balade à cheval demain après-midi et pouvoir participer aux Olympiades ? Juliette Pommerol, va falloir être créative. Tu as toute la nuit pour y penser.

Je me suis levée après tout le monde. J'ai tenu une heure éveillée sans bouger, en dépit de ma faim – la soupe en sachet de la veille ne m'avait pas calé l'estomac : le plan que j'avais mis au point exigeait de moi quelques sacrifices. Je me suis traînée, épaules voûtées, grimace de dégoût, jusqu'à la table du petit déj', et j'ai réprimé un haut-le-cœur impeccable devant les restes de lait

et de céréales. Mimer la nausée, c'est ma spécialité, les spasmes du vomissement sans vomir je
sais faire nickel, ça m'a épargné quelques cours
de sport au collège les jours de grosse flemme.
Évidemment, Mary s'est précipitée vers moi :

– Oh, Juliette ! Somesingwongue ?

La voix de Mary est si expressive que sans
comprendre ses mots je sais ce qu'elle veut
dire. Là, ça sonnait clairement l'inquiétude et la
plainte. Elle a posé sa main sur mon front comme
fait ma mère quand elle me croit malade, m'a fait
signe d'ouvrir la bouche, a regardé mes amygdales, touché mes ganglions sous la mâchoire,
les gestes des mères c'est une langue internationale. J'ai désigné mon estomac, fait une moue
écœurée. Elle est allée fouiller dans sa trousse,
a rapporté un comprimé et m'a tendu un verre
d'eau. J'ai avalé le médicament sans broncher, et
puis j'ai dit que j'étais fatiguée et je suis allée me
recoucher. Maintenant j'attends. Il faut que les
Littlestone partent sans moi se promener à cheval.

J'attends et c'est long. Heureusement j'ai
pu chiper des biscuits sur la table avant de me
recoucher, et je les grignote clandestinement,

petit bout par petit bout, sans faire de miettes sous mon duvet. J'entends les garçons taper le ballon dehors. Jane me raconte des histoires avec ses marionnettes à doigts, Mary passe la tête de mon côté toutes les demi-heures et me demande si ça va, si je me sens mieux. Je secoue la tête avec un sourire faible, il faut tenir un savant équilibre dans le mensonge : la maladie, c'est risquer le docteur, et le docteur, lui, ne se fera pas berner par mes grimaces ; minimiser le malaise, c'est risquer la balade à cheval quand même, mais mollo. Je vise exactement l'entre-deux : le repos au camping, ni cheval ni médecin. Une supercherie de taille modeste, donc, parfaitement réalisable.

Je regarde ma montre. Plus qu'une heure. J'ai des fourmis dans les jambes. Mary m'apporte une soupe épaisse et des tas de magazines avec des stars en couverture qu'elle est allée acheter au village. Elle est chouette, quand même, Mary, ça me fend le cœur de lui mentir. Elle s'accroupit, et me dit d'une voix chaude comme une bouillotte qu'elle a décidé de rester avec moi au Blue Sky, pendant que les autres montent à cheval... À cet instant mon plan s'écroule. Mary est beaucoup trop gentille! Je pense : sois égoïste Mary, la petite Frenchie, comme elle m'appelle, ne vaut pas que tu te prives d'un moment pareil, avec iode plein les narines et gerbes de sable soulevées par les sabots des chevaux. Ça va être grisant et romantique, ça va faire des souvenirs de famille aussi beaux qu'une brochure touristique, tu n'as pas le droit de manquer ça! Et tandis que, faute de vocabulaire, je supplie muettement Mary de me laisser seule, je me dis que moi aussi, finalement, je vais peut-être rater quelque chose. Mais aussitôt m'apparaît le visage de Tony, ses yeux-lagons sous la flamme de ses cheveux, et je voudrais que le dieu des Juliette m'exauce, allez, qu'elle s'en aille, Mary, qu'elle m'abandonne ici sans penser pauvre Juliette, pauvre petite Frenchie malade. Go Mary, go!

C'est Jane qui me sauve. Une grosse larme roule sur sa joue quand elle comprend que sa mère ne va pas l'accompagner au cheval. Mary lui explique doucement que je suis malade, mais les sanglots de Jane sont déchirants, ils feraient fondre une statue de bronze. Vas-y Jane, je pense, pleure, pleure, et je me retiens moi-même de la consoler tant son petit visage froncé fait peine à voir. Alors Mary se penche vers moi et me demande, désolée, si je me sens capable de les attendre quelques heures.

– Alone, elle dit.

Toute seule. Yes, je réponds sans hésiter, et j'espère que ma voix ne trahit pas ma joie.

– Sure ?

– Sure, je répète gravement.

Et j'ajoute, comme les super-héros au cinéma, James Bond, Spiderman et autres sauveurs de l'humanité après une folle course-poursuite où ils ont failli périr cent fois par le feu, par l'eau, ou suspendus aux ailes d'un avion en plein vol :

– I'm OK.

Je regarde Jane sécher ses larmes avec soulagement. Puis j'entends John démarrer la voiture, et le bruit du moteur s'éloigner. Je me lève prudemment, jette un œil à l'extérieur de la tente. Plus un Littlestone en vue. Alors je m'habille à la hâte, dévore un paquet de chips, et marche jusqu'au rivage où attend une foule d'enfants parmi des grappes de ballons gonflés à l'hélium.

Chapitre 8

On est huit dans l'équipe. Notre nom, c'est les Gladiators – y a plus original, mais ça ne sert qu'à marquer les points dans une colonne au tableau d'arbitrage. Juché sur un tronc d'arbre mort, Tony a essayé de nous répartir par activité. Pour moi, il a mimé les mots compliqués, gribouillé des schémas sur un bout de papier, il a pris du temps en plus et je me suis sentie spéciale. Le pauvre, il a dû se dire que je n'étais pas un cadeau pour des Olympiades, nulle en volley, nulle en foot, nulle en course, nulle en saut, je n'ai même pas essayé d'entrer dans la compétition! Mais je me suis inscrite en acrobatie. Je suis très forte en roue, chandelle, et marche sur les mains, je fais le pont souple comme une guimauve. J'ai adoré que Tony m'applaudisse à tout rompre quand les filles des autres équipes se sont effondrées, mangeant du sable et frottant leurs lombaires, alors que toujours arquée, la tête à l'envers, je me déplaçais latéralement à la façon d'un crabe, épatant la galerie. Ju-liette! Ju-liette! scandait l'équipe, j'étais invincible.

– You are Elastigirl! il a dit en me serrant la main, mon capitaine.

Et ça m'a fait sourire parce que ce personnage des Indestructibles est mon préféré, qui peut s'étirer à souhait, se transformer en canot ou en parachute grâce à sa souplesse infinie.

J'ai encouragé les joueurs dans chaque épreuve, hurlant de tous mes poumons dans le vent terrible, des mots de français et d'anglais mélangés, do it! vas-y! ouaiiiis! you are ze best! youpi! yahooooo! Je me suis arrangée pour être toujours à côté de Tony, j'ai eu l'impression qu'il cherchait mes yeux, qu'il avait envie de m'avoir près de lui, et nos mains se sont frôlées plus d'une fois. On nous a offert un goûter, et j'ai mangé ma gaufre en fixant la pointe de terre, à l'ouest, qui nous séparait de la plage où les Littlestone devaient être en train de monter à cheval. J'ai imaginé Jane hilare accrochée à la crinière d'un shetland petit et soyeux comme dans les dessins animés. On a trinqué au jus d'orange, les Gladiators et moi, et je me suis dit : chacun est à sa place. Moi ici, assise à côté de Tony, avec ma médaille d'or en chocolat. Les Littlestone sur des chevaux à galoper dans le vent, ils en ont rêvé et ils y sont. J'avais l'impression de n'avoir traversé la Manche que pour vivre ce moment-là, j'en étais sûre, aimantée par le plus beau gosse de la terre sous un ciel d'argent au milieu des bourrasques, le sang pulsé à cent à l'heure dans mes veines. La vie m'a juste parue géniale.

Jusqu'à ce que David descende sur la plage pour aider les animateurs, me voie en train de rigoler avec l'équipe des Gladiators, et stoppe net. Je l'aperçois, il me fait signe de le rejoindre, je m'arrache du sable et je marche vers lui, pressentant une catastrophe.

– Juliette... aren't you sick?

Si je suis malade? Mais comment il sait ça?

– Mary said you are sick...

Oh, Mary, décidément... elle a dû prévenir David que j'étais au fond de mon duvet sous la tente, seule et malade, et lui demander de s'occuper de moi si j'en avais besoin... Mary, je déteste ta bienveillance, là tout de suite, qu'est-ce que je vais répondre à David maintenant? Je prends un air dégagé, je hoche lentement la tête pour gagner du temps, et je dis que ça va beaucoup mieux, je m'ennuyais, j'ai fini par sortir. Là c'est moi qui dois faire du gloubiboulga avec mon anglais de vache espagnole, David semble ne rien comprendre à ce que je dis. Alors je répète ma phrase de cinéma, de cascadeur qui a traversé le feu et échappé aux balles, et qui après avoir frôlé la mort reprend le cours normal de l'existence :

– I'm OK, now.

Et je retourne lentement vers le groupe en me mordant la lèvre. Est-ce que David va me trahir? Dire à Mary et John que j'ai participé aux Olympiades, gagné le premier prix d'acrobatie et mangé des gaufres sur la plage à côté de Tony tandis qu'ils me croyaient couchée, à l'agonie au fond de mon duvet ? Je m'arrête en chemin, je cherche le visage de David. Il me regarde, les mains sur les hanches, avec sa tête ronde, son gros ventre, son crâne chauve. Et je comprends à son air malicieux qu'il est avec moi. Il n'est pas dupe, il a sûrement deviné que je suis en pleine forme et que mon cœur chavire pour Tony. D'ailleurs il pose l'index sur sa bouche et me fait un clin d'œil : motus et bouche cousue. Je regarde ma montre, il reste un peu plus d'une heure avant le retour des Littlestone.

Concours de châteaux de sable. Je me porte volontaire pour la décoration et je fouille la plage à la recherche de coquillages, d'algues, de cailloux colorés, de plumes d'oiseaux, d'os de seiche et de morceaux de verre poli, qui formeront les écailles d'un monstre marin. La dernière épreuve, c'est un karaoké sous une grande tente abritée du vent. Je suis bien partie pour faire la spectatrice, encore une fois, chanter en anglais sur des mélodies que j'ignore des paroles que je ne comprends pas, ça me paraît complètement impossible. Tony plonge la main dans un chapeau, et tire au sort le titre d'une chanson. Tandis que les autres équipes se passent le chapeau, il déplie le papier, sourit, surpris, et me le tend aussitôt. Je lis « Michelle », des Beatles. Je rends le papier à Tony, qu'est-ce qui le fait rire ? Et tout d'un coup ça me revient ! Mais oui, mes parents adorent cette chanson, sûrement parce que la moitié est en français ! Tony saisit ma main et me tire vers la petite estrade. Je n'arrive pas à y croire, on va chanter ensemble ? Pas le temps de réfléchir, la musique démarre. J'ai un trac gigantesque. Les dizaines de garçons et filles ne m'effraient pas du tout, c'est chanter devant Tony qui me met l'estomac à l'envers, et je n'ai qu'une envie : partir en courant. Mais voilà, les mots s'affichent à l'écran, il faut y aller. Alors d'une voix tremblante j'accompagne Tony en pleine mue, butant sur les premiers mots d'anglais :

Michelle, ma belle
These are words that go together well
My Michelle

La deuxième strophe est plus facile, rien que du français, et Tony s'efface pour me laisser chanter :

Michelle, ma belle
Sont des mots qui vont très bien ensemble
Très bien ensemble...

Tony prend le relais, sa voix fragile d'ado fait les montagnes russes, oscille involontairement des aigus aux graves, c'est franchement comique... Malgré les rires, je rougis à entendre les mots du couplet, je me dis qu'ils sont seulement pour moi :

I love you, I love you, I love you !
That's all I want to say

Je termine la chanson perchée sur un arc-en-ciel :

My Micheeeeeeeelle !

C'est là, bouche grande ouverte sur la voyelle finale, que j'aperçois, au fond, derrière la rangée de têtes d'adolescents, le visage de Mary Littlestone. Il s'en faut de peu que je morde le micro. Qu'est-ce qu'elle fait là !? Premier réflexe, je regarde ma montre : c'est ça, ils sont rentrés plus tôt. Une demi-heure d'avance. Je suis cuite ! D'un coup le carrosse redevient citrouille. Mary a l'air soucieux. Me faire enguirlander par mes parents je n'aime pas beaucoup ça, mais par des inconnus au nord des Highlands, devant Tony et les Gladiators, je n'en ai pas envie du tout... Je fends le groupe pour retrouver Mary avant le scandale. J'attends les reproches, et je suis déjà prête à demander pardon. Mais avant même que j'aie ouvert la bouche, Mary m'annonce d'un air désolé :

– Jacktwistidhizènkeul...

Et elle mime une cheville qui se tord, avec l'onomatopée qui convient : crack ! Suit toute une explication à laquelle je ne pige pas grand-chose, sauf quelques mots par-ci par-là : *horse* (cheval), *gallop* (galop), *fall* (tomber), *bad* (mauvais), *plaster* (plâtre). J'en déduis que Jack a fait une chute, s'est tordu la cheville, et qu'on lui a mis un plâtre. Je comprends que je vais devoir rentrer avec Mary tout de suite, si ça se trouve elle me cherche depuis un moment dans le camping. Elle n'en dit rien, et la main sur mon épaule, ajoute seulement :

– I'm happy you feel better.

Elle est contente que j'aille mieux. Je ne sais pas si c'est ironique, si elle a deviné mon mensonge du matin ou si elle est sincèrement soulagée de n'avoir plus qu'un enfant mal en point. Je cherche Tony des yeux, je lui fais un signe, il lève le pouce en signe de victoire. J'aurais facile donné une semaine de ma vie pour finir la journée avec lui et les Gladiators. Je serre les poings, je me dis : t'as eu de la chance Juliette aujourd'hui, va pas te plaindre. Puis dans les pas de Mary, je reprends le sentier qui mène au camping, et laisse le vent me dégriser.

Chapitre 9

Faut voir la scène, il y a de quoi sortir les mouchoirs. On est tous les six sous la tente défoncée, la partie centrale brisée par les cascades d'eau d'hier et à moitié soulevée par les bourrasques ce soir. Jack étend sa jambe plâtrée, croise les bras sur sa poitrine et fixe le sol avec colère : ses vacances sont foutues. Moi je me tasse sur ma chaise, je suis quand même censée être convalescente, je la ramène pas. George, dégoûté d'être monté à peine quinze minutes à cheval avant l'accident de son frère, est allé s'isoler dans sa tente d'où il doit maudire le monde entier. Mary et John scrutent la météo, au désespoir : pluie, pluie. Soleil dans trois jours seulement, et leurs épaules s'affaissent comme celles des clowns tristes. Jane dessine la langue entre les dents sur le plâtre de son frère, des taches multicolores et des bonshommes patates. C'est la seule à ne pas faire une tête d'enterrement, et elle chantonne de sa voix suraiguë comme si de rien n'était. J'entends les cris des copains dehors, les Olympiades sont terminées, je me demande quelle équipe a gagné.

– OK, guys... soupire John, résigné, en rangeant son téléphone dans sa poche de jean.

Ça sent la décision radicale. On ne peut rien contre le plâtre de Jack. Rien contre le mauvais temps et les midges. Le seul projet possible, à tous les coups, c'est de rentrer à Londres. Rentrer, maintenant que Tony existe ? J'avale ma salive. Et puis la sentence tombe :

– Let's drive back to London. Tomorrow.

Voilà, retour à Londres demain. Je voudrais être seule sur mon oreiller, étouffer ma peine dans le moelleux de la mousse synthétique, mes doudous me manquent affreusement, les onze à la fois. Je pense à ce vers de Lamartine, un poète qu'adore ma prof de français, on dirait que c'est pour moi qu'il a été écrit : « Un seul être vous manque et tout est dépeuplé ». Oh là là ma pauvre Juliette, dans quel état tu es... Je regarde Jane décorer la jambe de Jack, il n'y a rien de plus important au monde pour elle que de colorier tout ce blanc, elle se concentre à mort, plissant les yeux, tout lui est égal sauf ça ; j'aimerais tellement être à sa place.

Une voix m'appelle dehors. Je crois reconnaître Tony.

– Juliette ! Juliette !

J'écarte la toile de la tente. C'est bien lui, dans son K-Way vert pomme, avec ses yeux Tahiti et ses cheveux de braise. Il me tend une médaille en plastique.

– We're the champions !

Mes doigts tremblent un peu, j'essaie de me tenir, de ne pas bégayer, je suis tellement touchée qu'il soit venu jusqu'à la tente pour me donner la médaille, tellement émue de le voir, tellement triste de m'en aller, tellement gênée de sentir monter des larmes, Juliette Pommerol bon Dieu, ressaisis-toi.

– Thank you, Tony...

Il y a aussi un papier dans la main de Tony. Dessus, son nom, Tony MacBrain, et une adresse en Écosse. Je le dévisage, interloquée : comment sait-il que nous partons ?

– I'm leaving tonight, il dit.

Il s'en va ce soir ! Ça alors. Je me mets à rire, soudain ça n'a pas d'importance de rentrer à Londres, oui, partons, let's go ! Puisque Tony s'en va, fuyons la pluie et les midges, c'est grandiose les Highlands mais pas à n'importe quel prix. Je colle un baiser sonore sur la joue de Tony et j'essuie mes yeux mouillés, mon rire ressemble à des sanglots, mes sanglots à un rire, c'est pas grave. Tony dit que l'année prochaine il apprendra le français, il voudrait visiter la France. Alors je fonce à l'intérieur de la tente, ramasse un emballage de biscuits, chipe un feutre à Jane éberluée, et je griffonne à toute vitesse mon adresse à moi. Tony chez les Pommerol, l'année prochaine ? Oh my God !

C'est le dernier soir, John nous invite à l'auberge du village pour un dîner bien chaud, bien nourrissant, les pieds sous la table. Je me régale d'agneau en essayant de ne pas penser à la petite boule de poil adorable qu'on a conduite à l'abattoir, un mini-Shaun le mouton barbouillé de sang – à cause de ces visions d'horreur, ma sœur Flo est devenue végétarienne et mon père n'ose plus cuisiner de bébés animaux. Pendant le repas, entre deux bières, John s'excuse d'écourter les vacances, il sait que j'adore le camping, ils ont voulu me faire plaisir, c'est pour moi, *for you*, qu'ils ont imaginé la surprise des Highlands. En fait ils n'avaient jamais campé de leur vie. Jamais ? Jamais campé de votre vie ?

– Never in your life ? (Et en même temps que je m'étonne, mesurant l'étendue de la méprise causée par mes mensonges dans le formulaire de la mairie, je pense : Juliette, tu as fait des progrès de ouf en anglais).

– Never !

Jamais ! Ah mais c'est trop drôle ! Je rigole à m'étouffer, et ils se mettent à rire aussi, eux de leur aveu, moi du malentendu, même Jane qui ne comprend rien à ce qui se passe, même Jack avec sa jambe dans le plâtre, même George le râleur perpétuel, et autour de nous les visages des clients s'allument, ils nous regardent rire, et les serveurs, et la serveuse, et le patron qui ressert une chope mousseuse à John et à Mary, pour un peu ce serait contagieux ; c'est ma plus chouette soirée chez les Angliches.

Nous repartons le lendemain matin, sous les nuages. John fourre la tente déglinguée dans le coffre, tasse les bagages mal faits, c'est comme chez les Pommerol : au retour des vacances ça nous est bien égal que les vêtements soient chiffonnés. On salue David puis la voiture quitte le Blue Sky et s'engage sur le chemin du village. Je me retourne pour voir la mer au loin, bande argentée peu à peu dévorée par le vert vif des prairies. Et quand le soleil traverse un instant les nuages, je pense aux ciels de ce peintre vus à la Tate Britain, le premier jour ; c'est plus beau encore.

Le retour dure quatorze heures, comme l'aller. Je somnole entre deux sandwichs, assoupie par les petites billes blanches contre la nausée, en regardant défiler les panneaux aux noms maintenant un peu moins étranges – Loch Ness, Inverness, Glasgow, Edinburgh, Stafford, et finalement, London. On arrive dans la nuit, on décharge toutes les affaires dans l'entrée où frétille déjà le chien Carmen, déposé plus tôt par les grands-parents, et on file directement à nos chambres en jetant des good night à la ronde. Je me déshabille, me glisse sous les draps. Ce n'est qu'au moment de sombrer que je me rappelle l'existence de mes doudous, là-bas dans ma valise, au fond de la chambre. Je leur adresse un baiser en pensée mais c'est sans eux, et sans effort, que je glisse dans le sommeil, le cœur au chaud dans le sourire de Tony MacBrain.

Chapitre 10

La deuxième semaine est purement londo-
nienne, sans midges, avec pluie mais en ville
peu importe. Le paysage est moins grandiose,
évidemment : une fenêtre sur un jardin de
poche où poussent deux arbres et deux massifs
d'hortensias. N'empêche, je m'amuse comme
jamais ! Parties de frisbee à Hyde Park, comédie
musicale à Piccadilly, courses gourmandes chez
Harrods, marché aux puces et hamburger géant
à Camden, visite frisson à la prison de Londres,

il y a tellement de choses à voir ! Je ne suis pas une fille de la campagne, sûr de sûr, et même si je ne regrette pas d'avoir fait la route jusqu'au nord de l'Écosse, d'avoir planté la tente dans la nature splendide et rude des Highlands, j'avoue que mon truc à moi, c'est le béton. Les voitures, le bruit, la foule, les lumières dans la nuit qui n'est jamais complètement la nuit, les mille activités possibles qu'on ne fera jamais mais qui promettent le mouvement perpétuel, qu'il pleuve qu'il vente qu'il neige. Jack apprend à marcher avec des béquilles, et grâce à lui, fini les kilomètres de bitume avalés pour traverser la ville : on prend le bus désormais, les double deckers d'où tu as un panorama à 360 degrés ; et même, parfois, des taxis. Le luxe, quoi.

Mary a proposé de m'apprendre une recette de cuisine par jour, des spécialités anglaises. J'ai accepté, pourvu que sur la photo, le plat ait l'air à peu près mangeable, et que je traduise les ingrédients en français, histoire d'être sûre de ce que j'avale (par exemple, la tourte aux rognons, j'ai refusé illico ! No way, comme disent les Angliches). J'ai cuisiné des tourtes salées,

94

ma préférée est à la viande de bœuf en sauce, un délice ! Et puis du fish and chips vachement meilleur qu'au fast-food, avec sa panure croustillante, et aussi du pudding aux prunes, qui recycle en pâtisserie des morceaux de pain rassis. Dans un sursaut de courage, j'ai même essayé la jelly, cette drôle de gelée transparente rose fluo, jaune ou vert pomme qui tremble dans l'assiette, ce qui était une énorme erreur : je ne suis pas arrivée à mentir, même un peu, j'ai recraché tout net mon dessert dans l'assiette, et les Littlestone ont éclaté de rire. Je leur ai proposé de préparer ma spécialité. Cet idiot de George pensait que j'allais faire frire des grenouilles... non mais sérieusement : des grenouilles !? Ou bien des escargots, il a dit, très sérieux. Des grenouilles et des escargots... rien que l'idée me dégoûte. Mais enfin, pourquoi ? Ici en Angleterre, on appelle les Français les *froggies*, les mangeurs de grenouilles. Je ne connais personne qui ait mangé des grenouilles, même si je sais que ça se cuisine dans certaines régions. De là à dire que c'est un plat traditionnel français... N'importe quoi. Ma spécialité, ce n'est pas les cuisses de grenouilles mais le moelleux au chocolat. Plutôt gastronomie internationale mais ça ne fait rien, je suis une star du moelleux, ils n'en ont pas laissé une miette.

Un soir, mes parents téléphonent. Je ne me suis pas rendu compte qu'on ne s'était pas parlé depuis dix jours.

– Alors ma Juliette, comment ça va, tu tiens le choc ? demande ma mère d'une voix un peu inquiète. On ne t'a pas eue depuis longtemps mon petit rat, pas de nouvelles bonnes nouvelles ? Les Littlestone sont gentils ? Tu progresses en anglais ? Tu n'as pas trop le cafard ? On a reçu ta carte postale...

– Oui, enchaîne mon père derrière le haut-parleur, ma pauvre fille, tu as fait du camping ! Pas trop dur ?

Et ma sœur Flo renchérit :

– On ne te manque pas trop, sœurette ? Tu ne déprimes pas j'espère ?

Je les laisse parler, je me demande si le perroquet Jacquot va s'y mettre aussi, et quand il se fait deux secondes de silence, je réponds, tranquille :

– Je m'éclate, c'est génial.

Je les imagine, mes Pommerol chéris, la bouche ouverte, se scrutant les uns les autres pour être bien sûrs d'avoir compris. Je suis partie depuis dix jours et pas une larme, pas un trémolo dans ma voix.

– T'inquiète, reprend Flo, faussement enjouée, dans trois jours t'es rentrée !

– Trois jours ! j'ai dit. Mince...

– Ça va passer vite, mon croupion...

– À la vitesse de la lumière même ! je réponds, affolée. Trois jours seulement... J'adore tellement Londres !

J'entends mon père murmurer quelque chose, et je souris, car ils ne doivent pas me croire sincère : notre fille est cernée de Littlestone, elle n'ose pas dire son soulagement de nous retrouver bientôt.

– Sans mentir, Juliette ? chuchote ma mère.

– Croix de bois croix de fer, si je mens je vais en enfer.

– Bon... eh bien, bégaie ma mère décontenancée, on est contents pour toi, hein ! On ne te manque pas un tout petit peu ?

Et pour leur faire plaisir, je fais un mini-mensonge :

– Si, un peu quand même…

Je raccroche, toute tourneboulée. Je me souviens des baisers papillon, esquimau et lionceau et je souris, car je me rends compte que mes parents, maintenant, en ont peut-être davantage besoin que moi.

Le dernier soir, je fais ma valise avec une sorte de vague à l'âme. Encore ici, chez les Littlestone, déjà un peu partie. Les entre-deux me fichent le cafard, ces moments de flottement où on ne se sent nulle part, comme dans une salle d'attente. Jane saute sur mon lit en hurlant la chanson de la Reine des Neiges, et Carmen bondit autour d'elle en jappements joyeux. Jack me regarde ranger mes affaires sur le seuil de la chambre, appuyé sur ses béquilles, une jambe pliée comme un flamant rose, c'est comme ça qu'on l'appelle depuis huit jours, flamingo, le flamant rose. Je retrouve mes doudous pour la première fois depuis le retour des Highlands, je les aligne et les fixe l'un après l'autre. Douze ans que je les câline et qu'ils me font traverser la nuit. Puis je saisis la souris danseuse, celle que Jane aime bien, et je la lui tends.

– Here, Jane, it's for you.

Elle m'embrasse à me rompre la nuque, et se remet à faire du trampoline avec le chien, la peluche dans une poche de sa robe.

Soudain John fait irruption dans ma chambre, essoufflé.

– Juliette ! Juliette ! I have a surprise !

Encore une surprise pour moi ? Je me méfie des surprises Littlestone. Il se dandine d'un pied sur l'autre, se tord les doigts comme un gamin de CP appelé au tableau. J'entends des voix en bas. Jane arrête de sauter, le chien dresse ses toutes petites oreilles, immobile, et Jack scrute l'escalier. J'écoute à mon tour.

– A biiiiiig surprise ! rigole John.

Une grosse surprise ? Qu'est-ce que c'est que cette histoire... John roule des yeux vers le palier, la surprise va venir de là, on dirait qu'il me fait signe de sortir de la chambre. Jack clopine vers l'escalier, suivi de Jane. Les voix se rapprochent. Non... je ne peux pas le croire... Je descends une marche, le cœur à cent à l'heure, une deuxième.

Mais oui, impossible de se tromper! Est-ce que je rêve? Je ne sais pas si ça me fait plaisir ou si je leur en veux, mais il n'y a aucun doute, il s'agit bien de... ma famille! La voix sourde de mon père qui se limite aux onomatopées, l'anglais c'est un peu costaud pour lui ; le rire aigu de ma mère, son anglais si spécial, simple vernis anglais sur des mots bien français, du theille, oui, twè bonne ideille! ; et les mots de Flo, son bel accent franco-français quand elle demande :

– Ouèriz Juliette?

Où je suis? Je dévale les dernières marches, tout d'un coup impatiente de les embrasser, mes Pommerol préférés qui n'ont pas résisté à monter dans le train, et je hurle :

– Here I aaaaaaam!

Ce ne sont plus des baisers papillon mais de solides embrassades, ça fait tout de même du bien de les serrer contre moi.

Mes parents ont changé mon billet de train et réservé deux nuits d'hôtel en plein centre-ville. Ils remuent en tous sens, rient pour un rien, du chien, de la tête de Jane, des biscuits et du thé, surexcités à l'idée du week-end qui s'annonce. Il faut dire qu'on n'a pas quitté la banlieue parisienne depuis l'annulation de notre voyage en Chine, l'année dernière, après que mon père a perdu son travail. Les adieux se font à la nuit tombée, devant le portail de la maison, où attend le taxi qui va nous conduire à l'hôtel. Le ciel est sale, une méchante bruine nous colle au visage. On se regarde bêtement, on ne sait pas très bien comment se séparer, les Littlestone et moi. Je serre gravement la main de Jack en équilibre sur ses béquilles, et de George qui se gratte la nuque. Jane pleure des larmes de crocodile sur ma souris-danseuse. J'enroule les couettes de Jane autour de mon index, « Petite poupée » je lui dis. « Pétite pupey » elle répète tout doucement, entre deux hoquets, et j'ai le cœur essoré. John et Mary m'embrassent à la française, des bises sonores et appliquées comme on ne les fait jamais chez nous.

– Thank you for the camping, dit John.

Il me remercie pour le camping ! Quelle aventure. Et il réussit à me faire rire. On finit par monter dans le taxi, et on roule dans la nuit qui fait se ressembler toutes les grandes villes, de l'autre côté de toutes les mers ; sauf qu'ici, on roule à gauche.

Le week-end, je fais le guide. Je promène la famille dans Londres, à la fois impatiente de montrer les lieux que j'aime, et déçue de ne pas pouvoir les garder pour moi seule. Parfois, c'est chouette d'avoir des souvenirs rien qu'à soi.

Mais quand on rentre à Paris par l'Eurostar, avec en commun beaucoup de rues, de places, de cafés, de lumières de Londres, je ferme les yeux et puise dans mon cœur les images que je possède sans partage : la nuit sous la tente au Blue Sky, à combattre le chagrin en respirant les cheveux de Jane ; George en tenue de cosmonaute anti-midges à la quincaillerie du village ; le goûter sur le sable à côté de Tony dont la main me frôle sans cesse ; le karaoké sur la plage, *Michelle ma belle* comme une déclaration d'amour ; la cuisson du pudding avec Mary et Jane, on regarde le pain gonfler et les prunes éclater dans le four brûlant. J'ai de quoi nourrir mes rêves longtemps.

Dès la rentrée c'est décidé, je fonce à la mairie, je m'inscris pour un nouveau séjour, et je me jure de remplir honnêtement le formulaire d'inscription. Quoique… si j'avais dit la vérité, pas de surprise, pas de camping, pas de Highlands et de Blue Sky ; pas de Tony !

– Et qu'est-ce qu'on fait pour la suite des vacances ? je demande en bâillant, bercée par le mouvement du train.

– Ben on a pensé… commence ma mère.

– … puisque tu avais l'air contente en Écosse… poursuit mon père.

Et Flo termine avec un grand sourire :

– … qu'on pourrait peut-être essayer le camping ?

DANS LA MÊME COLLECTION

Le Grand Mensonge de la famille Pommerol
de Valentine Goby,
avec la complicité de Lili Cortina

« Pendant la nuit, quand tout le quartier dormait, on a fermé les volets. Tous les volets de la maison un à un, des chambres, du salon, de la cuisine et de la salle de bains, on a même descendu le store devant la lucarne des toilettes. Puis on a tiré les rideaux, tous les rideaux dans toutes les pièces pour qu'aucune lumière ne soit visible depuis la rue, pour que les bruits du dedans ne filtrent pas au-dehors. On a fermé à clé les deux portes d'entrée, rentré la voiture dans le garage et verrouillé le garage depuis l'intérieur. Et puis on s'est couchés. Quand on s'est réveillés, ce matin d'août, après un mauvais sommeil, il devait faire une chaleur cuisante dehors, et une lumière très blanche de plein été. Mais dans la maison toute fermée c'était frais, et noir comme la nuit. Croyez-le ou pas, cette maison de banlieue parisienne, à partir de maintenant c'est la Chine. Oui : LA CHINE. » (extrait du chapitre 1)

Les Cousins Karlsson, Papas et pirates
de Katarina Mazetti traduit du suédois
par Marianne Ségol-Samoy et Agneta Ségol

« La mer autour de la petite ville d'Östhamn est recouverte d'une épaisse couche de glace. Certains jours, le vent balaie la neige et dégage un espace sombre et lisse comme un miroir. L'idéal pour faire du patin à glace. Ces jours-là, on voit les habitants d'Östhamn patiner sur la mer gelée. Les débutants avancent prudemment près du rivage mais les plus aguerris s'aventurent plus loin et font des randonnées de dizaines de kilomètres. Mais il y a aussi des jours de mauvais

temps où des bourrasques peuvent rapporter plusieurs décimètres de neige sur la glace et la laisser en tas irréguliers. Les patineurs se réfugient alors dans leurs petites maisons douillettes pour faire du feu dans la cheminée, allumer des bougies devant les fenêtres et écouter le vent siffler dehors. »
(extrait du chapitre 1)

Les Cousins Karlsson,
Vaisseau fantôme & ombre noire
de Katarina Mazetti traduit du suédois
par Marianne Ségol-Samoy et Agneta Ségol

« Dans la petite ville d'Östhamn, située au bord de la mer Baltique, la soirée d'été est chaude et agréable. Le mois de juillet est déjà bien avancé mais les journées sont encore longues, le soleil ne se couche pas avant vingt-deux heures. Sur la plage à côté du port, les ombres s'étirent et la nuit ne va pas tarder à tomber.
Lorsqu'il fait presque totalement noir, des silhouettes sombres apparaissent soudain au bord de l'eau. Elles se dispersent d'abord pour ensuite

lentement se déplacer. Si quelqu'un les obser-
vait, il verrait que ce sont aussi bien des adultes
que des enfants et qu'ils portent de grands sacs.
Mais en réalité, personne ne les voit. C'est un soir
de semaine ordinaire et tous les habitants de la
petite ville sont rentrés chez eux pour regarder la
télé, certains sont peut-être déjà couchés. »
(extrait du chapitre 1)

Les Cousins Karlsson, Vikings et vampires
de Katarina Mazetti traduit du suédois
par Marianne Ségol-Samoy et Agneta Ségol

« – On pourrait s'appeler KKK ! dit Bourdon, rêveuse.
Elle est assise dans un fauteuil, pliée en deux, les
genoux à la hauteur de ses oreilles et les pieds
ballants par-dessus l'accoudoir. Ses cheveux roux
pendent en mèches inégales autour de son visage,
le résultat de quelques coupes forcées suite aux
dégâts causés par une grosse bulle de chewing-
gum.
Il nous faut un nom pour notre club ! Avec plein
de K pour que ça fasse bien suédois : Klubb Kusi-
nerna Karlsson, KKK ! Qu'est-ce que t'en penses,
Chatpardeur ?

Chatpardeur surveille un rat en plastique. En entendant son nom, il lève la tête.

– Niiiyeee ? fait-il, l'air interrogateur.

– Non, impossible ! s'oppose Julia, la grande sœur de Bourdon. On ne peut pas s'appeler KKK ! C'est déjà pris ! Tu sais ce que c'est, KKK ? (...)

– Le Ku Klux Klan, c'est une organisation aux USA, ou du moins *c'était* ! explique-t-elle rapidement. C'étaient des gens qui détestaient les Noirs et considéraient que les Blancs étaient supérieurs aux autres.

Bourdon éclate de rire.

– Ils sont complètement malades ! Ça veut dire que mon horrible prof de maths serait meilleur que Michael Jackson et Will Smith juste parce qu'il est blanc ? (...) »

(extrait du chapitre 1)

Le Trésor du lac des Trois Chats
de Mathis

« Ce matin, je me sens bien. Terriblement bien. J'ai le sentiment d'être lavé d'une vieille saleté qui s'accrochait à moi depuis des années. Je me sens libéré du poids d'une fatigue qui ne me quittait pas. Je suis comme un serpent qui vient juste de changer de peau. Je suis un garçon neuf. Dans mon lit, couché sur le dos et les yeux fixés sur l'endroit du plafond où la peinture s'écaille, j'écoute les battements de mon cœur et le bruit de ma respiration. Il est tard, beaucoup plus tard que d'habitude. Ce matin, maman n'est pas venue me réveiller car aujourd'hui n'est pas un jour comme les autres. C'est ce jour qui semblait ne jamais vouloir arriver et que j'attends depuis si longtemps. Et maintenant qu'il est là, j'ai du mal à croire que je ne rêve pas tellement je suis heureux. Tous les jours de la vie devraient être comme aujourd'hui : le premier jour des grandes vacances ! »

(extrait du chapitre 1)

Capitaine Triplefesse – tome 2 : À la rescousse !
de Fred Paronuzzi

« Le retour à la vie de collégiens, après leurs palpitantes aventures dans le monde des pirates, fut peu évident pour Lila et Hugo. Le train-train quotidien leur inspirait un ennui profond.

Comment se passionner pour le théorème de Pythagore, la reproduction des gastéropodes en milieu naturel ou le shopping en famille aux Galeries Lafayette, quand on a affronté des tempêtes en furie, assisté à des combats à l'épée, nagé dans les lagons couleur émeraude de l'île Sans Nom ?

Ils perdirent une bonne partie de leur enthousiasme pour les soirées pizzas et films d'horreur, les sorties à la patinoire ou les avalanches de selfies sur Facebook.

Pour la première fois, ils faisaient l'expérience du sentiment de nostalgie. »

(extrait du chapitre 1)

Capitaine Triplefesse – tome 1 : À l'abordage !
de Fred Paronuzzi

« Lorsque le professeur remplaçant d'arts plastiques, M. Garneray, fut présenté à la classe de Lila et Hugo par Mme Zinc, la principale du collège, ils furent nombreux à sentir des chauves-souris affolées se cogner aux parois de leurs estomacs. Il faut dire que la vue de cet homme vêtu de noir glaçait le sang : un nez long et incurvé, une barbiche brune taillée en pointe, deux yeux enchâssés dans leurs orbites.

M. Garneray, en résumé, avait l'aspect d'un immense et inquiétant oiseau de proie.

Même les terribles Norbert Gronaze et Kevin Potiron éprouvaient des difficultés à avaler leur salive et commençaient déjà à regretter Mlle Faissol, que certains garnements surnommaient « Mademoiselle Fesses Molles », enrubannée sur son lit d'hôpital telle une momie égyptienne après avoir fait plusieurs sauts périlleux dans l'escalier menant à la cantine. »

(extrait du chapitre 1)